10 天學會台羅拼音

王薈雯

目次

課前說明

有心想學會台羅拼音的你，本書將台羅拼音課程分為 10 天（10
堂課），期待透過這樣的規劃，讓你能順利進入台羅的世界，若
10 堂課的內容仍然太多，也建議可依自己的時間，依單元進度安
排個人的台羅讀書計畫。

在台羅拼音的課程中，常發現學生有各種的學習差異，每個人對
於不同單元的學習狀況都有不同的表現，記得記下自己已瞭解及
未瞭解的部分，讓自己更清楚自己的學習進度及情形。

另外，本教材口音編排及示範錄音為台語強勢口音（偏漳腔），
若讀者的口音與此不同，不一定是錯誤，可能只是口音不同，本
教材仍可協助讀者認識、學習台羅拼音系統。

台羅拼音是什麼

「台羅拼音」全名為「臺灣閩南語羅馬字拼音方案」是教育部 2006 年公布的台語拼字方案，其系統整合自 1865 年英國長老教會宣教士推行的白話字（pe̍h-ōe-jī）及 1992 年台灣語文學會公布的台灣語言音標方案（Taiwan Language Phonetic Alphabet，簡稱 TLPA）。

白話字歷史悠久，留下許多台語的重要文獻，如 1885 年創辦的《台灣府城教會報》、1917 年戴仁壽醫師《內外科看護學》、1925 年蔡培火的《十項管見》都是以全白話字書寫；而台灣語言音標方案（TLPA）也在 1992 年後的台語學術研究中扮演著研究者紀錄各地口音的關鍵幫手。

教育部公布「台羅拼音」後，白話字使用者仍然持續使用與推動，因此目前在台語出版品有台羅拼音及白話字兩種選擇，因兩套系統差異不大，讀者不需憂慮，學會其中一套拼字後，另一個系統也能快速上手，毋須擔憂。

許多關心台語的台文使用者對於拼音是否為文字有許多討論，本書期待讀者能真正學會台語的羅馬字書寫方式，更期待有朝一日台語羅馬字能幫助大家在生活中的台語訊息傳遞，本書就暫不討論拼音及拼字的議題。

台語的音節

開始學習台羅拼音前，請先唸唸看或聽聽看下面兩個生活中常見的台語：

讚	好
tsán	hó

每個台語的音節通常可以分成三個部分：聲母、韻母、聲調。

讚		好	
	聲調		聲調
	ˊ		ˊ
ts	an	h	o
聲母	韻母	聲母	韻母

說明：

一個台語漢字就等於一個音節，一個音節通常有「聲母」、「韻母」、「聲調」，以「讚」為例「ts」是讚的聲母、「an」是韻母、「ˊ」表示聲調；「h」是「好」的聲母、「o」是韻母、「ˊ」表示聲調。

不過有些音節沒有聲母，如：阿姨「a-î」兩個字都沒有聲母，稱為零聲母。

而台語的第 1 聲或第 4 聲不需寫聲調符號，如：當歸鴨「tong-kui-ah」三個字都不用寫聲調符號。

接下來每節課會分別介紹聲母、韻母、聲調三個部分，循序漸進的介紹台羅拼音。

台羅學習計畫表
Tâi-lô ha̍k-si̍p kè-uē-pió

若無法 10 天學習，讀者可依個人計畫完成台羅學習

	單元名稱	頁數	日期	完成 V	備註
1-1	韻母：台語 6 個單母音		/ /		
1-2	聲母：台語 8 個子音（雙脣子音、舌尖子音）		/ /		
1-3	聲調：台語第 1 聲本調		/ /		
1-4	聲調：台語第 1 聲變調		/ /		
2-1	韻母：台語 8 組雙母音		/ /		
2-2	聲母：台語 8 個子音（舌根音、齒音）		/ /		
2-3	聲調：台語第 2 聲本調		/ /		
2-4	聲調：台語第 2 聲變調		/ /		
3-1	韻母：台語 2 組三母音		/ /		
3-2	聲母：台語 1 個子音（喉音）與零聲母		/ /		
3-3	聲調：台語第 3 聲本調		/ /		
3-4	聲調：台語第 3 聲變調		/ /		
4-1	聲調：台語第 4 聲本調		/ /		
4-2	聲調：台語第 4 聲變調		/ /		
5-1	韻母：台語鼻化韻母				
5-2	聲調：台語第 5 聲本調		/ /		
5-3	聲調：台語第 5 聲變調		/ /		

	單元名稱	頁數	日期	完成 V	備註
6-1	韻母：台語入聲韻母		/ /		
6-2	聲調：台語第 6 聲說明		/ /		
7-1	韻母：台語聲化韻母		/ /		
7-2	韻母：台語鼻音韻母		/ /		
7-3	聲調：台語第 7 聲本調		/ /		
7-4	聲調：台語第 7 聲變調		/ /		
8-1	聲調：台語第 8 聲本調		/ /		
8-2	聲調：台語第 8 聲變調		/ /		
9-1	聲調：台語 8 聲本調複習		/ /		
9-2	聲調：台語 8 聲變調複習		/ /		
9-3	聲調：台語的仔前變調		/ /		
10-1	台羅拼音聲調符號標記規則		/ /		

準備開始 ▶▶▶

第 1 天

學習目標

單元 1、韻母：台語 6 個單母音
o、a、i、u、e、oo

單元 2、聲母：台語 8 個子音 (雙脣子音、舌尖子音)
p、ph、m、b、t、th、n、l

單元 3、聲調：台語第 1 聲本調
第 1 聲 /a/

單元 4、聲調：台語第 1 聲變調

單元 1、韻母：台語 6 個單母音

台語總共有 6 個母音，請用台語唸唸看或聽聽看這 6 個字：
蚵仔姨有的喔。

如果你會台語，這 6 個字絕對難不倒你，這個口訣就是台語的 6 個母音。

台語漢字	蚵	仔	姨	有	的	喔
台羅拼音	o	a	i	u	e	oo

單母音練習：

請唸唸看或聽聽看下表語詞，練習台語的單母音：

1		2	
阿	姨	椅	仔
a	i	i	a

3		4	
蚵	仔	苳	蒿
o	a	tang	o

5		6	
芋	仔	烏	色
oo	a	oo	sik

7	8
有	會 *
u	e

* 口音補充：會 ē/uē/erē

特別說明：

/o/ 有口音上的差異，部分口音蚵仔 /ô-á/(牡蠣) 和芋仔 /ōo-á/(芋頭) 發音相同。

練習題

請將下列漢字填入正確的空格中：

阿、姨、椅、仔、有、會、芋、蚵、烏

韻母：6 個單母音					
o	a	i	u	e	oo

台語有 18 個聲母（子音），包含 17 個子音與 1 個零聲母（即沒有聲母），本單元將介紹 8 個聲母：4 個雙唇音與 4 個舌尖音。

請先唸唸看或聽聽看以下這 4 個語詞：

肉	包	泡	麵	豬 *	頭	滷	卵 *
bah	pau	phau	mi	ti	thau	loo	nng

* 口音補充：豬 ti/tir/tu、卵 nňg/nuī

聲母練習：4 個雙唇子音

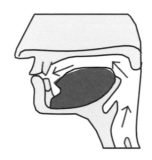

	1	2	3	4
	肉「包」	「泡」麵	泡「麵」	「肉」包
	p	ph	m	b
	#清音 #塞音 #不送氣	#清音 #塞音 #送氣	#濁音 #鼻音	#濁音 #塞音
	包仔 pau-á	泡茶 phàu-tê	意麵 ì-mī	肉包 bah-pau
	飯丸 pňg-uân	皮蛋 phî-tàn	相罵 sio-mē	米芳 bí-phang
	食飽 tsiah-pá	放屁 pàng-phuì	龜毛 ku-moo	阿母 a-bú
	五百 gōo-pah	普通 phóo-thong	麻煩 mâ-huân	未來 bī-lâi

* 口音補充：飯 pňg/puīnn、罵 mē/mā/mī、母 bú、bó

聲母練習：4 個舌尖子音

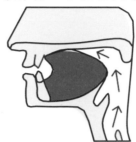

5	6	7	8
土「地」	「土」地	舊「年」	美「麗」
t	th	n	l
#清音 #塞音 #不送氣	#清音 #塞音 #送氣	#濁音 #鼻音	#濁音 #塞音
豆花 tāu-hue 台語 tâi-gí 豬肉 ti-bah 多謝 to-siā	毋通 m̄-thang 菜頭 tshài-thâu 剃頭 thì-thâu 身體 sin-thé	貓仔 niau-á 雞卵 ke-nn̄g 明年 mê-nî 月娘 gue̍h-niû	蜊仔 lâ-á 來回 lâi-huê 禮拜 lé-pài 你好 lí hó

* 口音補充：地 tē/tuē/terē、語 gí/gú/gír、豬 ti/tu/tir、雞 ke/kue/kere、卵 nn̄g/nuī、月 gue̍h/ge̍h/ge̍rh、回 huê/hê/hêr

練習題

請將正確的子音填入空格中：
提示答案：p、ph、m、b、t、th、n、l

1.雞「排」 ke-___âi	2.「椪」柑 ___òng-kam	3.「泡麵」 ___àu-___ī	4.「米芳」 ___í-___ang
5.「茶米」 ___ê-___í	6.「跳舞」 ___iàu-___ú	7.「爛」糊糊 ___uā-kôo-kôo	8.「大人」 ___uā-___âng

請先聽聽看並唸唸看以下的語詞，並注意最後一個字的音高：

蚵仔煎	紅豆冰	鹹酥雞	貢丸湯
ô-á-tsian	âng-tāu-ping	kiâm-soo-ke	kòng-uân-thng

說明：

1. 台語第 1 聲是高平調，聲音開始到結束時都是高音。
2. 在台羅拼音當中，台語第 1 聲不需寫聲調符號。
3. 台語有連續變調特性，本調應單獨判斷或唸詞組最後一個字。

請先唸唸看或聽聽看以下這 10 個語詞，並且注意最後一個字的音高：

蚵仔煎	紅豆冰	鹹酥雞	貢丸湯	排骨酥
ô-á-tsian	âng-tāu-ping	kiâm-soo-ke	kòng-uân-thng	pâi-kut-soo
肉包	豆花	豬肝	米芳	西瓜
bah-pau	tāu-hue	ti-kuann	bí-phang	si-kue

* 口音補充：雞 ke/kue/kere、豬 ti/tu/tir

練習題

下面的語詞中，哪些也是第 1 聲本調，請打 ∨？

台語第 1 聲提示：紅豆冰 ping、鹹酥雞 ke、貢丸湯 thng

1. 阿公（　）	2. 水管（　）	3. 肉羹（　）	4. 提醒（　）	5. 水桶（　）
6. 毋通（　）	7. 輕鬆（　）	8. 演講（　）	9. 箍箍（　）	10. 苦苦（　）

* 口音補充：雞 ke/kue/kere、羹 kenn/kinn、醒 tshénn/tshínn

單元 4、聲調：台語第 1 聲變調

說明：

1. 台語第 1 聲本調是高平調，變調為中平調，即第 7 聲。
2. 台語有連續變調特性，基本原則為前字變調，末字不變調。
3. 在台羅拼音系統當中，不論本調或變調，書寫時全部都需要寫本調。

台語第 1 聲變調——

請再唸唸看或聽聽看以下詞彙，並且注意橘色字的音高：

冰角 ping-kak	酥酥 soo-soo	雞排 ke-pâi	湯頭 thng-thâu	煎匙 tsian-sî
包仔 pau-á	花園 hue-hn̂g	肉羹麵 bah-kinn-mī	芳水 phang-tsuí	西瓜汁 si-kue-tsiap

練習題

請判斷下面的語詞中，哪些是第 1 聲變調，請打 V ？

台語第 1 聲變調提示：雞排、包仔、花園

1. 公司（　）	2. 美國（　）	3. 淹水（　）	4. 兄弟（　）	5. 武器（　）
6. 買賣（　）	7. 海洋（　）	8. 翻譯（　）	9. 語言（　）	10. 分配（　）

* 口音補充：買賣 bé-bē/bué-buē、海洋 iûnn/iônn
語言 gí/gú/gír、分配 phè/phuè/phèr

p.13

韻母：6 個單母音					
o	a	i	u	e	oo
蚵	阿、仔	姨、椅	有	會	芋、烏

p.15

1.雞「排」 ke-pâi	2.「椪」柑 phòng-kam	3.「泡麵」 phàu-mī	4.「米芳」 bí-phang
5.「茶米」 tê-bí	6.「跳舞」 thiàu-bú	7.「爛」糊糊 nuā-kôo-kôo	8.「大人」 tuā-lâng

p.16

1.阿公 (V) á-kong	2.水管 ( ) tsuí-kóng	3.肉羹 (V) bah-kenn	4.提醒 ( ) thê-tshénn	5.水桶 ( ) tsuí-tháng
6.毋通 (V) m̄-thang	7.輕鬆 (V) khin-sang	8.演講 ( ) ián-káng	9.箍箍 (V) khoo-khoo	10.苦苦 ( ) khóo-khóo

* 口音補充：羹 kenn/kinn、醒 tshénn/tshínn

p.17

1.公司 (V) kong-si	2.美國 ( ) bí-kok	3.淹水 (V) im-tsuí	4.兄弟 (V) hiann-tī	5.武器 ( ) bú-khì
6.買賣 ( ) bé-bē	7.海洋 ( ) hái-iûnn	8.翻譯 (V) huan-ik	9.語言 ( ) gí-giân	10.分配 (V) hun-phuè

* 口音補充：買賣 bé-bē/bué-buē、海洋 iûnn/iônn
  語言 gí/gú/gír、分配 phè/phuè

第 2 天

學習目標

單元 1、韻母：台語 8 組雙母音
ai、au、io、ia、iu、ua、ui、ue

單元 2、聲母：台語 8 個子音 (舌根音、齒音)
k、kh、ng、g、ts、tsh、s、j

單元 3、聲調：台語第 2 聲本調
第 2 聲 /á/

單元 4、聲調：台語第 2 聲變調

單元 1、韻母：台語 8 組雙母音

請先唸唸看或聽聽看以下這 8 個語詞：

世界 k<u>ài</u>	學校 h<u>āu</u>	投票 ph<u>iò</u>	多謝 s<u>iā</u>
朋友 <u>iú</u>	文化 h<u>uà</u>	發揮 h<u>ui</u>	講話 <u>uē</u>

雙母音練習：

請唸唸看或聽聽看下表語詞，練習台語的雙母音：

	單母音		雙母音	舉例
蚵	o			
仔	a	1	ai	雞排 p<u>âi</u>、了解 k<u>ái</u>、目屎 s<u>ái</u>、世界 k<u>ài</u>
		2	au	以後 <u>āu</u>、學校 h<u>āu</u>、外口 kh<u>áu</u>、紅包 p<u>au</u>
姨	i	3	io	搖 <u>iô</u> 頭、叫 k<u>iò</u> 菜、投票 ph<u>iò</u>、講笑 tsh<u>iò</u>
		4	ia	野 <u>iá</u> 球、騎 kh<u>iâ</u> 車、點名 m<u>iâ</u>、多謝 s<u>iā</u>
		5	iu	朋友 <u>iú</u>、籃球 k<u>iû</u>、月娘 n<u>iû</u>、二手 tsh<u>iú</u>
有	u	6	ua	文化 h<u>uà</u>、鯊 s<u>ua</u> 魚、衛生紙 ts<u>uá</u>、大 t<u>uā</u> 人
		7	ui	分開 kh<u>ui</u>、分類 l<u>uī</u>、雖 s<u>ui</u> 然、發揮 h<u>ui</u>
		8	ue	開花 h<u>ue</u>、木瓜 k<u>ue</u>、講話 <u>uē</u>、杯 p<u>ue</u> 仔
的	e			
喔	oo			

* 口音補充：雞 ke/kue/kere、月 gu<u>e̍h</u>/g<u>e̍h</u>/g<u>e̍rh</u>、魚 h<u>î</u>/h<u>û</u>/h<u>îr</u>

練習題

請將下列語詞填入正確的空格中：

雞排、以後、外口、鯊魚、分類、開花、月娘、點名

講笑、目屎、騎車、叫菜、二手、衛生紙、分開、杯仔

ai	au	ia	io	iu	ua	ui	ue

台語有 18 個聲母（子音），包含 17 個子音與 1 個零聲母（即沒有聲母），本單元將介紹第 9-16 個聲母：四個舌根音與四個齒音。

請先唸唸看或聽聽看以下語詞：

雞	跤	五	牛	煮	菜	寫	字
ke	kha	ngóo	gû	tsú	tshài	siá	jī

* 口音補充：雞 ke/kue/kere、煮 tsú/tsí/tsír、字 jī/lī/gī

聲母練習：4 個舌根音

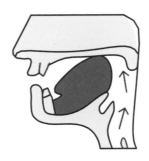

9	10	11	12
「雞」跤	雞「跤」	「五」金行	「牛」肉麵
k	kh	ng	g
#清音 #塞音 #不送氣	#清音 #塞音 #送氣	#濁音 #鼻音	#濁音 #塞音
加油 ka-iû 世界 sè-kài 假仙 ké-sian 水餃 tsuí-kiáu	牽手 khan-tshiú 受氣 siū-khì 上課 siōng-khò 看無 khuànn bô	文雅 bûn-ngá 硬篤 ngē-táu 夾菜 ngeh tshài 自我 tsū-ngóo	囡仔 gín-á 台語 tâi-gí 音樂 im-gák 五十 gōo-tsàp

* 口音補充：硬 ngē/ngī、語 gí/gú/gír、夾 ngeh/gueh/gereh

13	14	15	16
「煮」菜	煮「菜」	「寫」字	寫「字」
ts	tsh	s	j
#不送氣 #清音 #塞擦音	#送氣 #清音 #塞擦音	#清音 #擦音	#濁音 #塞擦音
早頓 tsá-tǹg 肉粽 bah-tsàng 走精 tsáu-tsing 愛情 ài-tsîng	清彩 tshìn-tshái 蔥仔 tshang-á 都市 too-tshī 請問 tshiánn-mn̄g	比賽 pí-sài 雨傘 hōo-suànn 輕鬆 khin-sang 洗衫 sé-sann	字典 jī-tián 人生 jîn-sing 日期 jit-kî 熱天 juah-thinn

* 口音補充：頓 tǹg/tuìnn、洗 sé/sué/seré、字 jī/lī/gī、

人 jîn/lîn/gîn、日 jit/lit/git、熱 juah/luah

特別說明：

部分口音已沒有聲母 /j/，以 /l/ 或 /g/ 代替；但 /g/ 出現的條件需要有母音 i。

練習題

請將正確的子音填入空格中：

提示答案：k、kh、ng、g、ts、tsh、s、j

1. 雞肉 ___e/ue/ere-bah	2. 確定 ___ak-tīng	3. 硬拗 ___ē/ī - áu	4. 牛排 ___û-pâi
5. 愛情 ài -___îng	6. 考試 khó-___ì	7. 駛車 ___ái-tshia	8. 人民 ___în-bîn

請先唸唸看或聽聽看以下語詞，並且注意最後一個字的音高：

水餃	茶米	米粉	蚵仔
tsuí-kiáu	tê-bí	bí-hún	ô-á

* 口音補充：粿 kué/ké/kér

說明：

1. 台語第 2 聲是高降調，聲音從高的地方降下來。
2. 在台羅拼音當中，台語第 2 聲的聲調符號是「ˊ」。
3. 台語有連續變調特性，本調應單獨判斷或唸詞組最後一個字。

請再唸唸看或聽聽看以下詞彙，並在有底線的字母標上第 2 聲的聲調符號：

米粉炒	艱苦	白菜滷	番仔火	茶米
bí-hún-tsha	kan-khoo	pėh-tshài-loo	huan-á-hue	tê-bi
米粉	蚵仔	水果	大餅	海產
bí-hun	ô-a	tsuí-ko	tuā-piann	hái-san

練習題

下面的語詞中，哪些是第 2 聲本調，請打 V：

台語第 2 聲本調提示：菜頭粿 kué/ké/kér、蚵仔 á、水餃 kiáu

1. 大海（ ）	2. 厲害（ ）	3. 無好（ ）	4. 運河（ ）	5. 違反（ ）
6. 麻煩（ ）	7. 艱苦（ ）	8. 倉庫（ ）	9. 結果（ ）	10. 藥膏（ ）

單元 4、聲調：台語第 2 聲變調

說明：

1. 台語第 2 聲本調是高降調，變調有兩種：一為高平調，即第 1 聲；一為上升調，即第 5 聲。

2. 台語有連續變調特性，基本原則為前字變調，末字不變調。

3. 在台羅拼音系統當中，不論本調或變調，書寫時全部都需要寫本調。

請唸唸看或聽聽看以下詞彙，觀察自己熟悉的第 2 聲變調為何？

炒飯 tshá-pn̄g	苦瓜 khóo-kue	滷卵 lóo-nn̄g	火鍋 hué-ko	米芳 bí-phang
（）變高平調 （第 1 聲） （）變上升調 （第 5 聲）	（）變高平調 （第 1 聲） （）變上升調 （第 5 聲）	（）變高平調 （第 1 聲） （）變上升調 （第 5 聲）	（）變高平調 （第 1 聲） （）變上升調 （第 5 聲）	（）變高平調 （第 1 聲） （）變上升調 （第 5 聲）
粉粿 hún-kué	馬桶 bé-tháng	果汁 kó-tsiap	餅店 piánn-tiàm	產品 sán-phín
（）變高平調 （第 1 聲） （）變上升調 （第 5 聲）	（）變高平調 （第 1 聲） （）變上升調 （第 5 聲）	（）變高平調 （第 1 聲） （）變上升調 （第 5 聲）	（）變高平調 （第 1 聲） （）變上升調 （第 5 聲）	（）變高平調 （第 1 聲） （）變上升調 （第 5 聲）

練習題

請判斷下面的語詞中，哪些是第 2 聲變調，請打 V：

台語第 2 聲變調提示：炒飯、滷卵、苦瓜

1. 愛情（）	2. 享受（）	3. 費用（）	4. 勇氣（）	5. 火氣（）
6. 免費（）	7. 細漢（）	8. 椅仔（）	9. 安全（）	10. 非常（）

* 口音補充：火 hué/hé/hér、細 sè/suè/serè

p.21

ai	au	ia	io	iu	ua	ui	ue
雞排 目屎	以後 外口	點名 騎車	講笑 叫菜	月娘 二手	鯊魚 衛生紙	分類 分開	開花 杯仔

p.23

1.「雞」肉 ke/kue/kere-bah	2.「確」定 khak-tīng	3.「硬」拗 ngē/ngī - áu	4.「牛」排 gû-pâi
5. 愛「情」 ài-tsîng	6. 考「試」 khó-tshì	7.「駛」車 sái-tshia	8.「人」民 jîn/lîn/gîn-bîn

p.24

1. 大海（V） tuā-hái	2. 厲害（ ） lī-hāi	3. 無好（V） bô hó	4. 運河（ ） ūn-hô	5. 違反（V） uî-huán
6. 麻煩（ ） mâ-huân	7. 艱苦（V） kan-khóo	8. 倉庫（ ） tshng-khòo	9. 結果（V） kiat-kó	10. 藥膏（ ） io̍h-ko

p.25

1. 愛情（ ） ài-tsîng	2. 享受（V） hiáng-siū	3. 費用（ ） huì-iōng	4. 勇氣（V） ióng-khì	5. 火氣（V） hué-khì
6. 免費（V） bián-huì	7. 細漢（ ） sè-hàn	8. 椅仔（V） í-á	9. 安全（ ） an-tsuân	10. 非常（ ） hui-siông

* 口音補充：火 hué/hé/hér、細 sè/suè/serè

26

第 3 天

學習目標

單元 1、韻母：台語 2 組三母音
iau、uai

單元 2、聲母：台語 1 個子音 (喉音)
與零聲母 (沒有聲母)
h、零聲母

單元 3、聲調：台語第 3 聲本調
第 3 聲 /à/

單元 4、聲調：台語第 3 聲變調

請先唸唸看或聽聽看以下這兩個語詞：

| 貓 n<u>iau</u> 仔 | 快 kh<u>uài</u> 樂 |

三母音練習：

單母音	雙母音	三母音	範例
i	au	iau	少 s<u>iàu</u> 年 跳 th<u>iàu</u> 舞 貓 n<u>iau</u> 仔 會曉 h<u>iáu</u> 真巧 kh<u>iáu</u>
u	ai	uai	快 kh<u>uài</u> 樂 奇怪 k<u>uài</u> 柺 k<u>uái</u> 仔 乖 k<u>uai</u> 巧 懷 h<u>uâi</u> 疑

練習題

請將下列綠色字填入正確的韻母空格中：
妖怪、夭壽、拐騙、攪擾、爽快、調整、歪喙雞、歌謠、懷念

iau	uai

單元 2、聲母：台語 1 個子音（喉音）與零聲母

本單元將介紹 2 個聲母：一個喉音聲母、一個零聲母。

請先唸唸看或聽聽看以下語詞：

蝦	仔	海	湧
hê	á	hái	íng

<table>
<tr><td colspan="2" align="center">聲母練習</td></tr>
<tr><td>喉音（聽聽看）
</td><td align="center">零聲母（聽聽看）</td></tr>
<tr><td align="center">1</td><td align="center">2</td></tr>
<tr><td align="center">海</td><td align="center">湧</td></tr>
<tr><td align="center">h</td><td align="center">零聲母</td></tr>
<tr><td align="center">＃清音 ＃擦音</td><td align="center">＃沒有聲母</td></tr>
<tr><td>巷仔 hāng-á
有孝 iú-hàu
合約 ha̍p-iok
肺炎 hì-iām</td><td>鴨肉 ah-bah
愛嬌 ài-suí
要求 iau-kiû
腰子 io-tsí</td></tr>
</table>

練習題

請將正確的子音填入空格中：
提示答案：h、零聲母 (請寫 X)

1. 粉圓 ___ún___înn	2. 非法 ___ui-___uat	3. 烏雲 ___oo-___ûn	4. 海翁 ___ái-___ang
5. 魚丸 ___î-___uân	6. 有閒 ___ū-___îng	7. 運河 ___ūn-___ô	8. 會曉 ___ē-___iáu

請先唸唸看或聽聽看以下語詞，並且注意最後一個字的音高：

麵線	青菜	肉粽	臭臭
mī-suànn	tshenn-tshài	bah-tsàng	tshàu-tshàu

說明：

1. 台語第 3 聲是低降調，聲音聽起來很低。
2. 在台羅拼音當中，台語第 3 聲的聲調符號是「`」。
3. 台語有連續變調特性，本調應單獨判斷或唸詞組最後一個字。

請再唸唸看或聽聽看以下語詞，並在<u>有底線的字母</u>標上第 3 聲的聲調符號：

飯店	臭臭	青菜	肉粽	甘蔗
pn̄g-ti<u>am</u>	tshàu-tsh<u>au</u>	tshenn-tsh<u>ai</u>	bah-ts<u>ang</u>	kam-tsi<u>a</u>
麵線	腿庫	肉燥	雞跤凍	大灶
mī-su<u>ann</u>	thuí-kh<u>oo</u>	bah-s<u>o</u>	ke-kha-t<u>ang</u>	tuā-ts<u>au</u>

練習題

下面的語詞中，哪些也是第 3 聲，請打 V：

台語第 3 聲提示：肉粽 tsàng、麵線 suànn、青菜 tshài

1.大漢（ ）	2.有限（ ）	3.袂赴（ ）	4.政府（ ）	5.自私（ ）
6.意思（ ）	7.烏狗（ ）	8.計較（ ）	9.怪怪（ ）	10.乖乖（ ）

* 口音補充：袂 bē/buē

單元 4、聲調：台語第 3 聲變調

說明：

1. 台語第 3 聲本調是低降調，變調為高降調（第 2 聲）。
2. 台語有連續變調特性，基本原則為前字變調，末字不變調。
3. 在台羅拼音系統當中，不論本調或變調，書寫時全部都需要寫本調。

請唸唸看或聽聽看以下詞彙，並注意第 3 聲的變調：

店員 tiàm-uân	臭豆腐 tshàu-tāu-hū	菜頭 tshài-thâu	拜拜 pài-pài	甘蔗汁 kam-tsià-tsiap
線路 suànn-lōo	庫房 khòo-pâng	肉燥飯 bah-sò-pn̄g	凍霜 tàng-sng	灶跤 tsàu-kha

練習題

請判斷下面的語詞中，哪些是第 3 聲變調，請打 V：

台語第 3 聲變調提示：臭豆腐、店員、拜拜

1. 永遠（ ）	2. 考試（ ）	3. 會曉（ ）	4. 世界（ ）	5. 檢查（ ）
6. 教室（ ）	7. 課程（ ）	8. 故事（ ）	9. 放屁（ ）	10. 後門（ ）

p.29

iau	uai
妖、夭壽、攪擾、調整、歌謠	怪、拐騙、爽快、歪喙雞、懷念

p.31

1. 粉圓 hún-(X)înn	2. 非法 hui-huat	3. 烏雲 (X)oo-hûn	4. 海翁 hái-(X)ang
5. 魚丸 hî-(X)uân	6. 有閒 (X)ū-(X)îng	7. 運河 (X)ūn-hô	8. 會曉 (X)ē-hiáu

p.32

1. 大漢（V） tuā-hàn	2. 有限（ ） iú-hān	3. 袂赴（V） bē-hù buē-hù	4. 政府（ ） tsìng-hú	5. 自私（ ） tsū-su
6. 意思（V） ì-sù	7. 烏狗（ ） oo-káu	8. 計較（V） kè-kàu	9. 怪怪（V） kuài-kuài	10. 乖乖（ ） kuai-kuai

p.33

1. 永遠（ ） íng-uán	2. 考試（ ） khó-tshì	3. 會曉（ ） ē-hiáu	4. 世界（V） sè-kài	5. 檢查（ ） kiám-tsa
6. 教室（V） kàu-sik	7. 課程（V） khò-tîng	8. 故事（V） kòo-sū	9. 放屁（V） pàng-phuì	10. 後門（ ） āu-mn̂g

第 4 天

學習目標

單元 1、聲調：台語第 4 聲本調
/ap、at、ak、ah/

單元 2、聲調：台語第 4 聲變調

請先唸唸看或聽聽看以下語詞，並注意語詞中的最後一個字，想想看這些字有什麼相似之處？

著急	落漆	阿叔	阿伯
tio̍h-kip	lak-tshat	a-tsik	a-peh

說明：

1. 台語第 4 聲是入聲調，音高為中短調。

2. 台語入聲因氣流被雙唇 (-p)、舌尖 (-t)、舌根 (-k)、聲門 (-h) 阻擋，讓聲音聽起來短促。

3. 台語第 4 聲音節的結尾一定有 /-p/、/-t/、/-k/、/-h/ 其中一個字母，這幾個字母也代表著聲音遭阻擋，不會持續延長，產生短促的入聲。

4. 台語入聲第 4 聲除了音節末（韻尾）一定存在 /-p/、/-t/、/-k/、/-h/ 外，不須標記其他的聲調符號。

5. 本單元只需掌握第 4 聲本調與變調的音高，「第 6 天」有完整的入聲韻母練習。

6. 台語有連續變調特性，本調應單獨判斷或唸詞組最後一個字。

入聲調 - 第 4 聲本調練習			
	-p 提醒：發音時，上下嘴唇將緊閉，擋住氣流		
-p 雙唇入聲	回答 huê-tap	交接 kau-tsiap	著急 tio̍h-kip

-t 舌尖入聲	-t 提醒：發音時，舌尖將抵著上齒後側，擋住氣流		
	三八 sam-pat	毋捌 m̄-bat	落漆 lak-tshat
-k 舌根入聲	-k 提醒：發音時，舌根將抵著軟顎，擋住氣流		
	台北 tâi-pak	阿叔 a-tsik	約束 iok-sok
-h 聲門（喉）入聲	-h 提醒：發音時，聲門（喉）關閉，擋住氣流		
	水鴨 tsuí-ah	疼惜 thiànn-sioh	高鐵 ko-thih

練習題

請聽音檔並標上第 4 聲的韻尾：
提示答案：p、t、k、h

回答 huê-ta___	交接 kau-tsia___	著急 tio̍h-ki___
三八 sam-pa___	毋捌 m̄-ba___	落漆 lak-tsha___
台北 tâi-pa___	阿叔 a-tsi___	約束 iok-so___
水鴨 tsuí-a___	疼惜 thiànn-sio___	高鐵 ko-thi___

請先唸唸看或聽聽看以下入聲韻尾分類的語詞，並比較「本調」組末字與「變調」組前字的音高差異：

第 4 聲本調 & 變調比較			
	-p	-t	-k	-h
本調	回答 huê-tap	三八 sam-pat	台北 tâi-pak	高鐵 ko-thih
變調	答案 tap-àn	八家將 pat-ka-tsiòng	北門 pak-mñg	鐵路 thih-lōo

說明：

1. 台語第 4 聲的變調可分為兩組介紹。

2. 韻尾 /-p,-t,-k/ 的變調為高短調（實際為高降短調，但因下降速度極快有些人能聽得出來，有些人聽不出來，因此我們省略為高短調）。

3. 許多台語教學會提供第 4 聲變第 8 聲的口訣，但第 8 聲除高短外，仍有其他口音，因此請記住第 4 聲 /-p,-t,-k/ 韻尾變調音高為高短。

4. 韻尾 /-h/ 的變調因韻尾弱化，聽起來為第 2 聲高降調。

5. 台語有連續變調的特性，基本原則為前字變調，末字不變調。

6. 台羅拼音系統書寫時全部寫本調，即使已變調，但書寫時仍然寫本調。

第 4 聲變調練習，請注意黃字的音高			
/-p,-t,-k/ 變調變為 高（降）短調	（1）-p		
	答案 tap-**àn**	接受 tsiap-**siū**	急診 kip-**tsín**
	（2）-t		
	八家將 pat-ka-**tsiòng**	捌字 bat-**jī**	漆色 tshat-**sik**
	（3）-k		
	北門 pak-**mn̂g**	叔公 tsik-**kong**	束縛 sok-**pàk**
/-h/ 變調變為 高降調 （第 2 聲）	（4）-h		
	鴨肉 ah-**bah**	惜命命 sioh-**miā-miā**	鐵路 thih-**lōo**

練習題

1、請判斷下面的語詞中，哪些是第 4 聲 /-p,-t,-k/ 變調，請打 V：
台語第 4 聲 /-p,-t,-k/ 變調提示：答案、北門、漆色

1. 壓力（）	2. 學期（）	3. 法國（）	4. 劇情（）	5. 約會（）
6. 合約（）	7. 福利（）	8. 複習（）	9. 入口（）	10. 缺點（）

2、請判斷下面的語詞中，哪些是第 4 聲 /-h/ 變調，請打 V：
台語第 4 聲 /-h/ 變調提示：鴨肉、惜命命、鐵路

1. 抹粉（）	2. 肉酥（）	3. 熱天（）	4. 歇睏（）	5. 血筋（）
6. 活動（）	7. 月娘（）	8. 白色（）	9. 佮意（）	10. 石頭（）

p.37

回答 huê-tap	交接 kau-tsiap	著急 tiòh-kip
三八 sam-pat	毋捌 m̄-bat	落漆 lak-tshat
台北 tâi-pak	阿叔 a-tsik	約束 iok-sok
水鴨 tsuí-ah	疼惜 thiànn-sioh	高鐵 ko-thih

p.39

1. 壓力（V） ap-lik	2. 學期（ ） hàk-kî	3. 法國（V） huat-kok	4. 劇情（ ） kiòk-tsîng	5. 約會（V） iok-huē
6. 合約（ ） hàp-iok	7. 福利（V） hok-lī	8. 複習（ ） hòk-sip	9. 入口（ ） jip-kháu	10. 缺點（V） khuat-tiám

1. 抹粉（V） buah-hún	2. 肉酥（V） bah-soo	3. 熱天（ ） juàh-thinn luàh-thinn	4. 歇睏（V） hioh-khùn	5. 血筋（V） hueh-kin huih-kun
6. 活動（ ） uàh-tāng	7. 月娘（ ） guèh-niû gèh-niû gèrh-niû	8. 白色（ ） pèh-sik	9. 佮意（V） kah-ì	10. 石頭（ ） tsiòh-thâu

第 5 天

學習目標

單元 1、韻母：台語鼻化韻母
/-nn/

單元 2、聲調：台語第 5 聲本調
第 5 聲 /â/

單元 3、聲調：台語第 5 聲變調

請先唸唸看或聽聽看以下 A、B 兩組語詞，有什麼不同？

A	樹	豬	雞	枝
	tshiū	ti	ke	ki
B	象	甜	羹	羹
	tshiūnn	tinn	kenn	kinn

說明：

1. 台語鼻化韻母，是發母音時讓氣流同時從鼻腔與口腔流出，所以整個音節都充滿著鼻音。
2. 以上表為例，如果捏著鼻子唸 A 組的字，就能產生 B 組的發音。
3. 在台羅拼音當中，以音節結尾 nn 表示鼻化。

鼻化韻母練習		
單母音鼻化韻母	(1) -ann	
	毋敢 m̄-kánn	拜三 pài-sann
	(2) -inn	
	粉圓 hún-înn	寒天 kuânn-thinn
	(3) -enn	
	公平 kong-pênn	青菜 tshenn-tshài
	(4) -onn	
	可惡 khó-ònn	否認 hónn-jīn

雙母音鼻化韻母	（5）-ainn	
	幌頭 hàinn-thâu	好歹 hó-pháinn
	（6）-iann	
	電影 tiān-iánn	歌聲 kua-siann
	（7）-iunn	
	羊肉 iûnn-bah	冰箱 ping-siunn
	（8）-uann	
	交換 kau-uānn	洗碗 sé-uánn
	（9）-uinn	
	關門 kuinn-mñg	橫直 huînn-tit
三母音鼻化韻母	（10）-uainn	
	關門 kuainn-mñg	檨仔 suāinn-á

練習題

請聽音檔在下面語詞中找出鼻化韻母，並在空格中填上 nn：

毋敢 m̄-ká____	參加 tsham-ka____	澎湖 phî____-ôo	脾氣 phî____-khì
沙茶 sa____-te	膨紗衫 phòng-se-sa____	靠山 khò-sua____	鯊魚 sua____-hî

請先唸唸看或聽聽看以下語詞，並注意語詞中最後一個字的音高：

肉圓 bah-uân	牛排 gû-pâi	魚丸 hî-uân	拍球 phah-kiû

說明：

1. 台語第 5 聲的本調是升調。

2. 在台羅拼音當中，台語第 5 聲的聲調符號是「^」。

3. 台語有連續變調特性，本調應單獨判斷或唸詞組最後一個字。

第 5 聲本調練習				
加油 ka-iû	雞排 ke-pâi	菜頭 tshài-thâu	旗魚 kî-hî	課文 khò-bûn
籃球 nâ-kiû	大樓 tuā-lâu	有名 ū-miâ	減肥 kiám-puî	地圖 tē-tôo

練習題

請唸唸看或聽聽看以下詞彙，並在有底線的字母標上第 5 聲的聲調符號「^」：

加油 ka-i<u>u</u>	雞排 ke-p<u>ai</u>	菜頭 tshài-th<u>au</u>	旗魚 kî-h<u>i</u>	課文 khò-b<u>un</u>
籃球 nâ-ki<u>u</u>	大樓 tuā-l<u>au</u>	有名 ū-mi<u>a</u>	減肥 kiám-pu<u>i</u>	地圖 tē-t<u>oo</u>

單元 3、聲調：台語第 5 聲變調

說明：

1. 台語第 5 聲的變調有兩種。
2. 一種是偏漳腔的變調中平調（第 7 聲）。
3. 一種是偏泉腔的變調低降調（第 3 聲）。
4. 台語有連續變調特性，基本原則是詞組中最後一個字不變調，請參考下表橘色字部分。
5. 台語雖有連續變調的特性，但在台羅規則中，一律都書寫本調。

請唸唸看或聽聽看以下語詞，哪一種是你習慣的第 5 聲變調？

油車 iû-tshia （）變中平調 （第 7 聲） （）變低降調 （第 3 聲）	排球 pâi-kiû （）變中平調 （第 7 聲） （）變低降調 （第 3 聲）	頭殼 thâu-khak （）變中平調 （第 7 聲） （）變低降調 （第 3 聲）	魚丸 hî-uân （）變中平調 （第 7 聲） （）變低降調 （第 3 聲）	文章 bûn-tsiunn （）變中平調 （第 7 聲） （）變低降調 （第 3 聲）
球隊 kiû-tuī （）變中平調 （第 7 聲） （）變低降調 （第 3 聲）	樓梯 lâu-thui （）變中平調 （第 7 聲） （）變低降調 （第 3 聲）	名聲 miâ-siann （）變中平調 （第 7 聲） （）變低降調 （第 3 聲）	肥肉 puî-bah （）變中平調 （第 7 聲） （）變低降調 （第 3 聲）	圖形 tôo-hîng （）變中平調 （第 7 聲） （）變低降調 （第 3 聲）

練習題

請判斷下面的語詞中，哪些是第 5 聲變調（變第 7 聲中平調），請打 V：

台語第 5 聲變調提示：文章、魚丸、樓梯

1. 無聊（）	2. 未來（）	3. 牛排（）	4. 銀行（）	5. 和解（）
6. 慢慢（）	7. 言語（）	8. 藝術（）	9. 五四三（）	10. 驗收（）

p.43

毋敢	參加	澎湖	脾氣
m̄-kánn	tsham-ka	phînn-ôo	phî-khì
沙茶	膨紗衫	靠山	鯊魚
sa-te	phòng-se-sann	khò-suann	sua-hî

p.44

加油	雞排	菜頭	旗魚	課文
ka-iû	ke-pâi	tshài-thâu	kî-hî	khò-bûn
籃球	大樓	有名	減肥	地圖
nâ-kiû	tuā-lâu	ū-miâ	kiám-puî	tē-tôo

p.45

1. 無聊（V）	2. 未來（ ）	3. 牛排（V）	4. 銀行（V）	5. 和解（V）
bô-liâu	bī-lâi	gû-pâi	gîn-hâng gûn-hâng gîrn-hâng	hô-kái
6. 慢慢（ ）	7. 言語（V）	8. 藝術（ ）	9. 五四三（ ）	10. 驗收（ ）
bān-bān	giân-gí giân-gú	gē-su̍t	gō-sí-sann	giām-siu

說明：若你的第 5 聲變調為第 3 聲（低降調），上表語詞 1-10 橘字變調發音將與第 7 聲變調同為第 3 聲（低降調）。

第 6 天

學習目標

說明：

1. 台語聲調系統分為韻母可無限延長的「舒聲」及聲音短促的「入聲」。
2. 入聲為第 4 聲及第 8 聲，其餘皆為舒聲。
3. 入聲聽起來短促，發音時氣流遭雙脣 /-p/、舌尖 /-t/、舌根 /-k/、聲門 /-h/ 阻擋，入聲韻母的韻尾必須存在 /-p/、/-t/、/-k/、/-h/ 其中一字母。
4. 入聲第 4 聲不需寫聲調符號，入聲第 8 聲聲調符號為「ˈ」。

台語 8 聲對照表 * 聽聽看			
舒聲			入聲
陰平	陰上	陰去	陰入
第 1 聲	第 2 聲	第 3 聲	第 4 聲
/a/	/á/	/à/	ap/at/ak/ah
衫 sann	短 té	褲 khòo	闊 khuah
獅 sai	虎 hóo	豹 pà	鱉 pih
東 tong	黨 tóng	擋 tòng	剁 tok
陽平	陽上	陽去	陽入
第 5 聲	第 6 聲	第 7 聲	第 8 聲
/â/	/ǎ/*	/ā/	/a̍p/a̍t/a̍k/a̍h/
人 lâng	矮 é/ué	鼻 phīnn/phī	直 ti̍t
猴 kâu	狗 káu	象 tshiūnn	鹿 lo̍k
同 tông	黨 tóng	洞 tōng	毒 to̍k

* 第 6 聲說明請看第 51 頁。

入聲韻母練習 * 聽聽看		
雙脣入聲韻母 /-p/		
-ap	五十 gōo-tsa̍p	回答 huê-tap	垃圾 lah-sap
-ip	出入 tshut-ji̍p	著急 tio̍h-kip	風濕 hong-sip
-iap	果汁 kó-tsiap	課業 khò-gia̍p	直接 ti̍t-tsiap
舌尖入聲韻母 /-t/		
-at	落漆 lak-tshat	三八 sam-pat	窒車 that-tshia
-uat	越南 ua̍t-lâm	出發 tshut-huat	脫線 thuat-suànn
-it	萬一 bān-it	十七 tsa̍p-tshit	生日 senn-ji̍t
-ut	鬱卒 ut-tsut	出門 tshut-mn̂g	骨力 kut-la̍t
-iat	設計 siat-kè	親切 tshin-tshiat	結果 kiat-kó
舌根入聲韻母 /-k/		
-ak	沃雨 ak-hōo	目睭 ba̍k-tsiu	台北 Tâi-pak
-ik	阿叔 a-tsik	新竹 sin-tik	熟似 si̍k-sāi
-ok(ook 的省略)	國家 kok-ka	塑膠 sok-ka	幸福 hīng-hok
-iak	煏空 piak-khang	摔倒 siak--tò	白鑠鑠 pe̍h-siak-siak
-iok(iook 的省略)	約會 iok-huē	體育 thé-io̍k	祝福 tsiok-hok

聲門（喉）入聲韻母 /-h/		
-ah	薑母鴨 kiunn-bó-ah	豬肉 ti-bah	五百 gōo-pah
-iah	後壁 āu-piah	網頁 bāng-iáh	目空赤 bàk-khang-tshiah
-uah	開闊 khui-khuah	大聲喝 tuā-siann huah	收煞 siu-suah
-ih	洊洊滴 tshàp-tshàp-tih	臺鐵 tâi-thih	摺摺咧 tsih-tsih--leh
-uh	欶 suh	黜 thuh	
-iuh	搐 tiuh		
-eh	人客 lâng-kheh	阿伯 a-peh	落雪 lòh-seh
-ueh	十八 tsàp-pueh	流血 lâu-hueh	解說 kái-sueh
-oh	搝大索 giú-tuā-soh	辦桌 pān-toh	甘蔗粕 kam-tsià-phoh
-ioh	歇 hioh	尺 tshioh	臆 ioh
-ooh	揞 mooh	喔 ooh	囉 looh

練習題

請聽聽看下面的語詞，哪些是入聲字，請打 V：

台語入聲提示： 果汁 tsiap、萬一 it、幸福 hok

1. 雜誌（ ）	2. 早期（ ）	3. 白賊（ ）	4. 莫吵（ ）	5. 感覺（ ）
6. 暑假（ ）	7. 相拍（ ）	8. 膨疱（ ）	9. 翻譯（ ）	10. 海湧（ ）

單元 2、聲調：台語第 6 聲說明

本課程未教授台語第 6 聲，說明如下：

1. 台語的 8 聲調沿用聲韻學的傳統 4 聲「平上去入」，4 聲再分「陰陽」因此產生 8 個聲調，傳統上稱為「八音」，唸八音也稱為「呼八音 hoo pat-im」。

台語 8 聲調序				
	平	上	去	入
陰	1	2	3	4
陽	5	6	7	8

2. 台語口音大致可分為兩類：偏泉腔與偏漳腔。
3. 在漳州腔中，有「濁上變去」的聲調演變，因此漳腔聲調只有 7 個聲調。
4. 而聲韻學中又有「上聲不分陰陽」的說法，許多人會說第 2 聲等同第 6 聲；所以在主流台語教學皆教授 7 個聲調（無第 6 聲），為求上下 4 聲字數對等，第 6 聲的空位皆以第 2 聲填補示範。
5. 根據洪惟仁教授的研究，台灣、廈門、漳州雖然沒有陽上聲調（第 6 聲），但鹿港及大林蒲能夠分出 8 個聲調。

* 參考資料：
《台灣語言地圖集》，洪惟仁，前衛出版社

第 6 天練習題解答

p.50

1. 雜誌（V）	2. 早期（ ）	3. 白賊（V）	4. 莫吵（ ）	5. 感覺（V）
tsa̍p-tsì	tsá-kî	pe̍h-tsha̍t	mài tshá	kám-kak
6. 暑假（ ）	7. 相拍（V）	8. 膨疱（ ）	9. 翻譯（V）	10. 海湧（ ）
sú-ká	sio-phah	phòng-phā	huan-i̍k	hái-íng

第 7 天

學習目標

單元 1、韻母：台語聲化韻母
m、ng

單元 2、韻母：台語鼻音韻母
-m、-n、-ng

單元 3、聲調：台語第 7 聲本調
/ā/

單元 4、聲調：台語第 7 聲變調

單元 1、韻母：台語聲化韻母

說明：

1. 聲化韻母為子音不需與母音組合，單獨即可成一個音節。
2. 聲化韻母 m 為雙脣鼻音，發音時需合上嘴脣。
3. 聲化韻母 ng 為舌根鼻音，發音與華語韻母ㄥ相似。

聲化韻母練習		
m		
毋通	阿姆	梅仔
m̄-thang	a-ḿ	m̂-á
ng		
黃色	食飯	臭酸
n̂g-sik	tsia̍h-pn̄g	tshàu-sng

單元 2、韻母：台語鼻音韻母

說明：

1. 鼻音韻母可分為 3 組：

    (1). 雙唇鼻音韻尾 /-m/

    (2). 舌尖鼻音韻尾 /-n/

    (3). 舌根鼻音韻尾 /-ng/

2. 雙唇鼻音韻母 /-m/，發音時需合上嘴唇。

3. 舌尖鼻音韻尾 /-n/，發音時舌尖需碰到上齒後。

4. 舌根鼻音韻尾 /-ng/，發音時軟顎下降，觸碰到舌根。

雙唇鼻音韻尾練習 * 聽聽看 /-m/		
-im		
聲音 siann-im	黃金 n̂g-kim	愛心 ài-sim
-am		
感心 kám-sim	暗時 àm-sî	喙罨 tshuì-am
-iam		
肺炎 hì-iām	經驗 king-giām	點心 tiám-sim
-om（oom 的省略）		
貴參參 kuì-som-som	樹仔真茂 tshiū-á tsin ōm	丼 tôm

舌尖鼻音韻尾練習		
/-n/		
-in		
因為 in-uī	薪水 sin-suí	面子 bīn-tsú
-un		
溫泉 un-tsuânn	日本 ji̍t-pún	愛睏 ài-khùn
-an		
安全 an-tsuân	早慢 tsá-bān	牽手 khan-tshiú
-uan		
冤家 uan-ke	台灣 tâi-uân	操煩 tshau-huân
-ian		
演戲 ián-hì	緣份 iân-hūn	少年 siàu-liân

*/ian/ 在台語中常見的兩種發音：[en]、[iet]，台羅正式書寫皆為 /ian/。

舌根鼻音韻尾練習		
/-ng/		
-ing		
英文 ing-bûn	幸福 hīng-hok	冰箱 ping-siunn
-ang		
正港 tsiànn-káng	紅包 âng-pau	大人 tuā-lâng

*/ing/ 在台語中常見的兩種發音：[iəŋ]、[iŋ]，台羅正式書寫皆為 /ing/。

-iang		
涼水 liâng-tsuí	雙手 siang-tshiú	唱聲 tshiàng-siann
-ong		
來往 lâi-óng	公園 kong-hn̂g	膨風 phòng-hong
-iong		
恭喜 kiong-hí	傷心 siong-sim	高雄 ko-hiông

練習題

請聽聽看下面的語詞,哪些是鼻音韻母,請打 V:

台語入聲提示: 薪 sin 水、愛心 sim、生 sing 理

1. 開始 ( )	2. 辛苦 ( )	3. 鋼琴 ( )	4. 影響 ( )	5. 亞洲 ( )
6. 韓國 ( )	7. 希望 ( )	8. 柑仔 ( )	9. 研究 ( )	10. 野球 ( )

請先唸唸看或聽聽看以下語詞，並注意最後一個字的音高：

食飯	泡麵	紅豆	雞卵
tsia̍h-pn̄g	phàu-mī	âng-tāu	ke-nn̄g

說明：

1. 台語第 7 聲的本調是中平調，聲音開始至結束都是中音。
2. 在台羅拼音當中，台語第 7 聲的聲調符號是「ˉ」。
3. 台語有連續變調特性，本調應單獨判斷或唸詞組最後一個字。

第 7 聲本調練習				
紅豆	油飯	泡麵	阿舅	好料
âng-tāu	iû-pn̄g	phàu-mī	a-kū	hó-liāu
都市	附近	頂面	網路	前後
too-tshī	hū-kīn	tíng-bīn	bāng-lōo	tsîng-āu

練習題

請在有底線的字母上，寫上第 7 聲的聲調符號：

紅豆	油飯	泡麵	阿舅	好料
âng-tau	iû-png	phàu-mi	a-ku	hó-liau
都市	附近	頂面	網路	前後
too-tshi	hū-kin	tíng-bin	bāng-loo	tsîng-au

單元 4、聲調：台語第 7 聲變調

說明：

1. 台語第 7 聲的變調為低降調（第 3 聲）。
2. 台語有連續變調特性，基本原則是詞組中最後一個字不變調。
3. 台語雖有連續變調的特性，但在台羅規則中，一律都書寫本調。

第 7 聲變調練習				
豆花 tāu-hue	飯丸 pn̄g-uân	麵線 mī-suànn	舅公 kū-kong	料理 liāu-lí
市區 tshī-khu	近視 kīn-sī	面子 bīn-tsú	路邊 lōo-pinn	後壁 āu-piah

練習題

請判斷下面的語詞中，哪些是第 7 聲的變調，請打 V：

台語第 7 聲變調提示：面子、市區、路邊

1. 宜蘭（ ）	2. 誤會（ ）	3. 韓國（ ）	4. 雲林（ ）	5. 騎車（ ）
6. 問題（ ）	7. 期尾（ ）	8. 夏天（ ）	9. 雨傘（ ）	10. 利用（ ）

p.57

1. 開始（ ）	2. 辛苦（V）	3. 鋼琴（V）	4. 影響（V）	5. 亞洲（ ）
khai-sí	sin-khóo	kǹg-khîm	íng-hióng	a-tsiu
6. 韓國（V）	7. 希望（V）	8. 柑仔（V）	9. 研究（V）	10. 野球（ ）
hân-kok	hi-bāng	kam-á	gián-kiù	iá-kiû

p.58

紅豆	油飯	泡麵	阿舅	好料
âng-tāu	iû-pn̄g	phàu-mī	a-kū	hó-liāu
都市	附近	頂面	網路	前後
too-tshī	hū-kīn	tíng-bīn	bāng-lōo	tsîng-āu

p.59

1. 宜蘭（ ）	2. 誤會（V）	3. 韓國（ ）	4. 雲林（ ）	5. 騎車（ ）
gî-lân	gōo-huē	hân-kok	hûn-lîm	khiâ-tshia
6. 問題（V）	7. 期尾（ ）	8. 夏天（V）	9. 雨傘（V）	10. 利用（V）
būn-tê	kî-bué	hā-thinn	hōo-suànn	lī-iōng

說明：語詞1、3、4、5、7橘字部分本調為第5調，其變調有兩種，
其中一種為「低降調（第3聲）」，正好與第7聲變調相同。

第 8 天

請先唸唸看或聽聽看以下語詞，並注意最後一個字的音高，哪一種是你熟悉的口音表現，請圈起來：

	五十 gōo-tsa̍p	無力 bô-la̍t	白目 pe̍h-ba̍k	好食 hó-tsia̍h
口音表現	1. 高短調 2. 高長調 3. 高降調 4. 中短調 5. 中長短調 6. 升調	1. 高短調 2. 高長調 3. 高降調 4. 中短調 5. 中長短調 6. 升調	1. 高短調 2. 高長調 3. 高降調 4. 中短調 5. 中長短調 6. 升調	1. 高短調 2. 高長調 3. 高降調 4. 中短調 5. 中長短調 6. 升調

說明：

1. 台語第 8 聲是入聲調，音高有 6 種表現：高短調、高長調、高降調、中短調、中長短調、升調。

2. 台語入聲因氣流被雙唇（-p）、舌尖（-t）、舌根（-k）、聲門（-h）阻擋，即使有各種口音表現，但韻尾依然會遭入聲韻尾 /-p/、/-t/、/-k/ 阻擋。

3. 需特別注意的是韻尾 /-h/ 有流失的現象。

4. 台語第 8 聲音節的結尾一定有 /-p/、/-t/、/-k/、/-h/ 其中一個字母，且須標記聲調符號。

5. 台語入聲第 4 聲除了音節末（韻尾）一定存在 /-p/、/-t/、/-k/、/-h/ 外，不須標記其他的聲調符號「'」。

6. 本節課只需掌握第 8 聲本調與變調的音高，本書「第 6 天」有完整的入聲韻母練習。

7. 台語有連續變調特性，本調應單獨判斷或唸詞組最後一個字。

第 8 聲本調練習			
-p 雙唇入聲	練習 liān-si̍p	商業 siong-gia̍p	七十 tshit-tsa̍p
-t 舌尖入聲	法律 huat-lu̍t	好日 hó-ji̍t	鬧熱 lāu-jia̍t
-k 舌根入聲	大學 tāi-ha̍k	白目 pe̍h-ba̍k	學歷 ha̍k-li̍k
-h 聲門（喉）入聲	好額 hó-gia̍h	好食 hó-tsia̍h	

* 第 8 聲 -h 韻尾有弱化現象，即入聲消失。

練習題

請在有底線的字母上，寫上第 8 聲的聲調符號：

-p	練習 liān-si̲p̲	商業 siong-gi̲a̲p̲	七十 tshit-ts̲a̲p̲
-t	法律 huat-l̲u̲t̲	好日 hó-j̲i̲t̲	鬧熱 lāu-j̲i̲a̲t̲
-k	大學 tāi-h̲a̲k̲	白目 pe̍h-b̲a̲k̲	學歷 ha̍k-l̲i̲k̲
-h	好額 hó-gi̲a̲h̲	好食 hó-tsi̲a̲h̲	

單元 2、聲調：台語第 8 聲變調

說明：
1. 台語第 8 聲的變調可分為兩組介紹。
2. 韻尾 -p-t-k 的變調為低短調。
3. 許多台語教學會提供第 8 聲變第 4 聲的口訣，但第 8 聲的實際變調音高較第 4 聲本調低，請直接記憶實際變調音高即可。
4. 韻尾 -h 的變調因韻尾弱化，聽起來為第 3 聲低降調。
5. 台語有連續變調的特性，基本原則為前字變調，末字不變調。
6. 台羅拼音系統書寫時全部寫本調，即使已變調，但書寫時仍然寫本調。

第 8 聲變調練習				
變調變為 低短調	-p	習慣 si̍p-kuàn	業績 gia̍p-tsik	十七 tsa̍p-tshit
	-t	律師 lu̍t-su	日子 ji̍t-tsí	熱情 jia̍t-tsîng
	-k	學生 ha̍k-sing	目睭 ba̍k-tsiu	歷史 li̍k-sú
變調變為 低降調（第 3 聲）	-h	好額人 hó-gia̍h-lâng	食飯 tsia̍h-pn̄g	熱天 jua̍h-thinn

練習題

請判斷下面的語詞中，哪些是入聲韻尾 (-p/-t/-k) 第 8 聲的變調，請打 V：
台語第 8 聲變調提示：學生、習慣、歷史

| 1. 牧師 ( ) | 2. 血統 ( ) | 3. 樂團 ( ) | 4. 作業 ( ) | 5. 業務 ( ) |
| 6. 確定 ( ) | 7. 物理 ( ) | 8. 腹肚 ( ) | 9. 讀冊 ( ) | 10. 發生 ( ) |

判斷下面的語詞中，哪些是入聲韻尾 (-h) 第 8 聲的變調，請打 V：
台語第 8 聲變調提示：藥房、月娘、熱天

| 1. 嚇驚 ( ) | 2. 落雨 ( ) | 3. 著猴 ( ) | 4. 月餅 ( ) | 5. 拔倒 ( ) |
| 6. 麥片 ( ) | 7. 隔壁 ( ) | 8. 客戶 ( ) | 9. 百萬 ( ) | 10. 八字 ( ) |

p.63

-p	練習 liān-si̍p	商業 siong-gia̍p	七十 tshit-tsa̍p
-t	法律 huat-lu̍t	好日 hó-ji̍t	鬧熱 lāu-jia̍t
-k	大學 tāi-ha̍k	白目 pe̍h-ba̍k	學歷 ha̍k-li̍k
-h	好額 hó-gia̍h	好食 hó-tsia̍h	/

p.65

1. 牧師（V） bo̍k-su	2. 血統（ ） hiat-thóng	3. 樂團（V） ga̍k-thuân	4. 作業（ ） tsok-gia̍p	5. 業務（V） gia̍p-bū
6. 確定（ ） khak-tīng	7. 物理（V） bu̍t-lí	8. 腹肚（ ） pak-tóo	9. 讀冊（V） tha̍k-tsheh	10. 發生（ ） huat-sing

1. 嚇驚（ ） heh-kiann	2. 落雨（V） lo̍h-hōo	3. 著猴（V） tio̍h-kâu	4. 月餅（V） gue̍h-piánn	5. 拔倒（V） pua̍h-tó
6. 麥片（V） be̍h-phìnn	7. 隔壁（ ） keh-piànn	8. 客戶（ ） kheh-hōo	9. 百萬（ ） pah-bāng	10. 八字（ ） peh-jī

第 9 天

學習目標

單元 1、聲調：台語 8 聲本調複習

單元 2、聲調：台語 8 聲變調複習

單元 3、聲調：台語的仔前變調

複習重點：

1. 請記住聲調符號的寫法。
2. 請記住每個聲調的音高。
3. 至少熟記一組口訣，第 3-5 組口訣為台語教學常用口訣。
4. 第 6 聲說明。
5. 第 8 聲有 6 種口音表現，詳細請看本書「第 8 天」。

請唸唸看或聽聽看，並時常練習台語的 8 聲本調口訣：

	第 1 聲	第 2 聲	第 3 聲	第 4 聲	第 5 聲	第 6 聲	第 7 聲	第 8 聲
	高平調	高降調	低降調	中短調	升調	*	中平調	*
1	花 hue	好 hó	愛 ài	漆 tshat	紅 âng	我 guá	有 ū	目 ba̍k
2	貓 niau	狗 káu	兔 thòo	鴨 ah	魚 hî	馬 bé	樹 tshiū	賊 tsha̍t
3	獅 sai	虎 hóo	豹 pà	鱉 pih	猴 kâu	狗 káu	象 tshiūⁿ	鹿 lo̍k
4	衫 sann	短 té	褲 khòo	闊 khuah	人 lâng	矮 é	鼻 phīnn	直 ti̍t
5	東 tong	黨 tóng	擋 tòng	剁 tok	同 tông	黨 tóng	洞 tōng	毒 to̍k

68

單元 2、聲調：台語 8 聲變調複習

請唸唸看或聽聽看以下詞語，比較 8 聲本調與變調的差異：

本調	第 1 聲	第 2 聲	第 3 聲	第 4 聲		第 5 聲	第 7 聲	第 8 聲	
	高平調	高降調	低降調	中短調		升調	中平調	*	
	豬	炒	臭	竹	肉	魚	麵	綠	食
一般變調	豬肉	炒菜	臭豆腐	竹筍	肉粽	魚丸	麵線	綠豆	食飯
	中平調	高平調 / 升調	高降調	高短調	高降調	中平調 / 低降調	低降調	低短調	低降調
	第 7 聲	第 1 /5 聲	第 2 聲		第 2 聲	第 7 /3 聲	第 3 聲		第 3 聲

請唸唸看或聽聽看以下語詞，並注意語詞中的第一個字，比較一般變調與仔前變調是否相同？相同請寫O，不同請寫X。

聲調	一般變調		仔前變調		變調相同
1	7	豬肉 ti-bah	7	豬仔 ti-á	（　）
2	1	草蝦 tsháu-hê	1	草仔 tsháu-á	（　）
	5				（　）
3	2	蒜頭 suàn-thâu	1	蒜仔 suàn-á	（　）
4	高短	竹筍 tik-sún	高短	竹仔 tik-á	（　）
	2	鴨肉 ah-bah	1	鴨仔 ah-á	（　）
5	7	魚丸 hî-uân	7	魚仔 hî-á	（　）
	3				（　）
7	3	豆腐 tāu-hū	7	豆仔 tāu-á	（　）
8	低短	日子 ji̍t-tsí	4	日仔 ji̍t-á	（　）
	3	藥房 io̍h-pâng	7	藥仔 io̍h-á	（　）

解答：

（O）一般變調、仔前變調相同：聲調 1、2(→1)、4（-p/-t/-k）、
　　　5(→7)

（X）一般變調、仔前變調不同：聲調 2(→5)、3、4（-h）、
　　　5(→3)、7、8（-p/-t/-k/-h）

說明：

1. 台語除了一般變調（第1聲到第8聲的變調）外，還有仔前變調，即語詞後有小稱詞「仔」的變調規則。

2. 仔前變調可分為兩類：(1) 高平調（第1聲）、(2) 中平調（第7聲），以下逐一說明。

3. 第2聲、第3聲、第4聲（-h）這三組的仔前變調為高平調（第1聲），第4聲（-p/-t/-k）則變為高短調。

4. 第1聲、第5聲、第7聲、第8聲（-h）此四組的仔前變調為中平調（第7聲），第8聲（-p/-t/-k）則變為中短調（第4聲）。

台語仔前變調								
（白底色欄位與一般變調相同，粉紅底色欄位與一般變調不同）								
(1) 高調				(2) 中調				
高平調			高短調	中平調				中短調
第2聲	第3聲	第4聲		第1聲	第5聲	第7聲	第8聲	
		-h	-p -t -k				-h	-p -t -k
狗仔 káu-á	兔仔 thòo-á	鴨仔 ah-á	竹仔 tik-á	貓仔 niau á	棉仔 mî-á	帽仔 bō-á	麥仔 beh-á	鹿仔 lo̍k-á
馬仔 bé-á	炮仔 phàu-á	桌仔 toh-á	魩仔魚 but-á-hî	豬仔 ti-á	鞋仔 ê-á	巷仔 hāng-á	盒仔 a̍h-á	賊仔 tsha̍t-á
蠓仔 báng-á	蒜仔 suàn-á	裼仔 kah-á	觳仔 khok-á	雞仔 ke-á	魚仔 hî-á	會仔 huē-á	襪仔 bue̍h-á	菝仔 pua̍t-á
囡仔 gín-á	架仔 kè-á	格仔 keh-á	菊仔 kiok-á	杯仔 pue-á	茄仔 kiô-á	柚仔 iū-á	葉仔 hio̍h-á	姪仔 ti̍t-á
椅仔 í-á	罐仔 kuàn-á	夾仔 ngeh-á	骨仔 kut-á	窗仔 thang-á	糊仔 kôo-á	柿仔 khī-á	藥仔 io̍h-á	玉仔 gi̍k-á
管仔 kóng-á	店仔 tiàm-á	物仔 mih-á	砭仔 phiat-á	刀仔 to-á	梨仔 lâi-á	舅仔 kū-á	學仔 o̍h-á	日仔 ji̍t-á

粿仔	印仔	索仔	帖仔	珠仔	籃仔	芋仔	蝶仔	盒仔
kué-á	ìn-á	soh-á	thiap-á	tsu-á	nâ-á	ōo-á	iảh-á	ảp-á
李仔	燕仔			尪仔	爐仔	鼻仔	石仔	
lí-á	ìnn-á			ang-á	lôo-á	phīnn-á	tsiỏh-á	
輪仔	鋸仔			嬰仔	麻仔	簿仔		
lián-á	kì-á			enn-á	muâ-á	phōo-á		
筍仔	甕仔			巾仔	牌仔	樹仔		
sún-á	àng-á			kin-á	pâi-á	tshiū-á		
草仔				鉤仔	盤仔	豆仔		
tsháu-á				kau-á	puânn-á	tāu-á		
				溝仔	桃仔	稻仔		
				kau-á	thô-á	tiū-á		
				溪仔	腸仔	市仔		
				khe-á	tâg-á	tshī-á		
				箍仔	蟳仔	袋仔		
				khoo-á	tsîm-á	tē-á		
				糕仔	丸仔			
				ko-á	uân-á			

* 粉紅色欄位表示「仔前變調」與「一般變調」規則不同。

* 本單元「仔前變調」介紹的規則為台語強勢口音，台語海口腔、澎湖腔、金門話的「仔前變調」規則可能與此不同。

第 10 天

學習目標

單元 1、台羅拼音聲調符號標記規則

單元 1、台羅拼音聲調符號標記規則

說明：

1. 在台羅拼音當中，聲調符號的書寫位置規則為：
2. *a > oo > e,o > i,u > m,ng*。
3. 母音 *a* 為最優先標記次序，如：仔 /á/。
4. 母音 *oo* 為最第二順位標記次序，標記於第一個字母上，如：挖 /óo/。
5. 母音 *e* 或 *o* 為第三順位標記次序，在台語的音節當中，*e* 與 *o* 不會同時出現，不需擔心 *e* 與 *o* 兩字母會同時出現。
6. 母音 *i* 或 *u* 為第四順位，請注意 *i* 與 *u* 同時出現時，標記於最後一個字母，如朋友的友 /iú/、偉大的偉 /uî/。
7. 聲化韻母 *m* 或 *ng* 為最後標記順位，*m* 直接標記於 *m* 的上方，如：毋 /m̄/；*ng* 標記於第一個字母的上方，如：黃 /n̂g/。

調符標記順序：

單母音韻母				聲化韻母
1	2	3	4	5
a	oo	e , o	i , u	m,ng

台羅聲調符號標記示範										
台	灣	的	夜	市	仔	文	化	真	出	名
Tâi	uân	ê	iā	tshī	á	bûn	huà	tsin	tshut	miâ
真	濟	外	國	觀	光	客	來	迌	迌	
tsin	tsē	guā	kok	kuan	kong	kheh	lâi	tshit	thô	
一	定	會	去	蹈	夜	市	仔	食	物	件
it	tīng	ē	khì	sėh	iā	tshī	á	tsiȧh	mih	kiānn
毋	過	糞	埽	毋	通	烏	白	擲		
m̄	koh	pùn	sò	m̄	thang	oo	pėh	tàn		

練習題

請練習將聲調符號標記於正確的位置：

1	a-pah gau-tsa	阿爸勢早
2	gua tsiah-pa--ah	我食飽矣
3	gua bo ai kiann-loo	我無愛行路
4	gua tshiu-ki-a phainn--khi-ah	我手機仔歹去矣
5	li e tian-ue kui ho?	你的電話幾號
6	kin-a-jit m-bian khi hak-hau	今仔日毋免去學校
7	gua siunn-beh khi too-su-kuan sng soo-hȧk	我想欲去圖書館算數學

p.75

1	a-pah gâu-tsá	阿爸勢早
2	guá tsiah-pá--ah	我食飽矣
3	guá bô ài kiânn-lōo	我無愛行路
4	guá tshiú-ki-á pháinn--khì-ah	我手機仔歹去矣
5	lí ê tiān-uē kuí hō?	你的電話幾號
6	kin-á-jit m̄-bián khì hak-hāu	今仔日毋免去學校
7	guá sīunn-beh khì tôo-su-kuán sǹg sòo-hak	我想欲去圖書館算數學

* 參考資料

1. 教育部《臺灣閩南語羅馬字拼音方案使用手冊》
2. 教育部《咱來學臺灣閩南語─學拼音有撇步》
3. 《教育部臺灣閩南語常用詞辭典》
4. 《台灣語言地圖集》，洪惟仁，前衛出版社
5. 台灣白話字文獻館 http://pojbh.lib.ntnu.edu.tw
6. 冶言齋 http://www.uijin.idv.tw
7. 愛疼惜 - 台語文學展 https://taigi.nmtl.gov.tw/
8. 內外科看護學 http://lgkkhanhouhak.blogspot.com
9. 賴永祥長老史料庫 http://www.laijohn.com/

10 天學會台羅拼音

作者：王薈雯

語音：曾偉旻

總編輯：廖之韻
創意總監：劉定綱
執行編輯：錢怡廷

封面設計：杞欣庭
美術設計：Harper

出版：奇異果文創事業有限公司
地址：台北市大安區羅斯福路三段 193 號 7 樓
電話：（02）23684068
傳真：（02）23685303

總經銷：紅螞蟻圖書有限公司
地址：台北市內湖區舊宗路二段 121 巷 19 號
電話：（02）27953656
傳真：（02）27954100

初版：2024 年 2 月 21 日
ISBN：978-626-98076-4-2
定價：新台幣 350 元

國家圖書館出版品預行編目 (CIP) 資料

10 天學會台羅拼音 / 王薈雯著 . -- 初版 . -- 臺北市 :
奇異果文創事業有限公司 , 2024.02
面 ;   公分
ISBN 978-626-98076-4-2(平裝)

1.CST: 臺語 2.CST: 語音 3.CST: 羅馬拼音

803.34   113000346